The Young Women's Handbook

Yamauchi Mariko

Contents

会ったくとのないシスターたちへ

はじめに

　本屋さんに行くと、いちばん目立つ平置きの棚に、ずらりと女性向けファッション誌が並んでいます。表紙には、とびきり若くてめちゃくちゃかわいいモデルの子たちの笑顔、それにかぶせて、目立つようにレイアウトされた特集の文字。思い切り強調されたあの強い言葉を目にすると、わたしはいつも、ちょっと落ち込むんです。

　雑誌は、この資本主義社会をどう生きていくか、お手本を示す手引きのようなもの。そして時代を映す鏡でもあります。とりわけ若い女性向けファッション誌の特集は、今の気分をすくおうと、インパクトのあるキャッチコピー合戦になりがち。コピーとは広告の文章をさす単語ですが、雑誌自体が商品でもあるので、そこに冠される特集の言葉も「コピー」です。

コピーは思想です。思想は「その人の社会生活や行動の
しかたを決める、根本的な考え」のこと。わたしたちは年
齢や趣味嗜好によって、たくさんの雑誌の中から、自分に
フィットする雑誌を選んでいます。それはその雑誌が示す
思想を気に入っているということ。だからこそ、そこに躍
るコピーは、「こうあらねばならない」みたいな圧にもなっ
てしまう。とくに20代のころは、雑誌のコピーが放つイ
ケイケな空気にあたって、憂鬱になったもんです。

　もともと雑誌は大好きでした。ファッション誌を読みは
じめたのは小学生のときで、10代のころは好きな雑誌が
そのまま自分のアイデンティティみたいになっていました。
けれどだんだん、なにかこれと決まった雑誌を、信奉する
ように読むということはなくなっていった。いま思うとそ
れは、自分自身が主体的に育ってきた証拠だったのかも。
なにも知らない10代のころ、渇いた体にぐびぐび流し込
むように、未知の情報を知るのは楽しかったなぁ。

さてこの本は、2018年から2019年にかけて、雑誌JJ
で連載していたエッセイが元になっています。依頼を受け
たときまず思ったのは、わたしでいいのか？ということで
した。JJはいわゆる「赤文字系雑誌」。男子の視線を意
識したコンサバファッションが売りで、いわば女子の王道
です。わたしはどちらかというと、真逆の「青文字系雑誌」
を選ぶタイプでした。そんな畑違いのやつが、JJ読者の
女の子たちに、なにか言う資格あるのか……？

　でも思ったんです。畑違いだからこそ、気がつけること
があるのではないかと。雑誌にさんざんふりまわされてき
た過去のあるわたしにだから、書けることがあるんじゃな
いかと。表紙を彩るパワーワードに揺さぶられ、ただ焦っ
たり、鵜呑みにするんじゃなく、もっと落ち着いて考えて
みてもよかったんじゃないかと。

　というわけで連載は、毎号JJの巻頭を飾る特集コピー
に対し、わたしが思うことを綴るかたちとなりました。

JJを愛読しながらも、巻頭コピーに気後れしたり、小さく傷ついている子もきっといるはず。そういう子たちの心の拠りどころになればと思いました。

　それはまたわたしにとって、JJ読者の仮想年齢である、25歳のときの感覚を思い出す作業でもありました。25歳の自分だったらどう思った？ 25歳のときはどんな感じだった？ それらの記憶や感覚をほりおこし、年齢を重ねたいまだからこそ言える言葉を読者に贈りたい。

　蓋を開けてみると、連載『Think about Features 25歳のレディたちへ』は、これまででいちばん、読者からの反響や手応えを感じるものとなりました。ツイッターでメッセージをくれた子、編集部に電話をかけてきた子までいました。彼女たちの熱いリアクションに、かつての自分の、毎日を必死に、全力で生きてる感覚を思い出したり。あらためて、雑誌というメディアが持つ親密なパワーを感じさせてもらいました。

ここに書いたのは、25歳に限らず、女性が生きていく
うえで大事だなぁとしみじみ思うことです。若いころわた
しは、自分の軸みたいなものになる言葉を欲していました。
本書には、25歳の自分が「これこれ！」と思うような、迷っ
たり不安になったりしたとき、お守りのようになる言葉を
ちりばめたつもりです。

　さて、読者の女の子たちは、どう受けとるだろう。25
歳のわたしが、こんな本があったらよかったなーと思う、
そんな本になってるかなあ？

Chapter. 1

それは誰のためのファッションか？

　わたしがちょうど25歳くらいのころから、「モテ」という言葉が雑誌の表紙を席巻するようになりました。「モテる」ではなく「モテ」。より多くの異性から好かれることをよしとする、そんな価値観の言葉です。

　2000年代の半ばから後半にかけて大人気だった、モテの時代を象徴するモデルさんといえば、明るい髪色のロングヘアー、毛先も前髪もくるんとカールさせ、目ヂカラ強めのしっかりアイメイクがトレードマーク。きまってふんわり甘めのファッションに身を包んでいました。そういうきれいなお姉さん的な、上品で決して男性を威圧しない、ちょっと媚びたファッションが人気で、わたしもこの時代、流行には抗えず、長い髪をいちいちヘアアイロンで巻いていました。アイロンを常用するあまり毛先が傷みまくってたし、ちゃんとアイロンの電源をオフにしたかどうか、出

先でめちゃくちゃ気になったりしたっけ……。まつ毛エク
ステや黒目を強調するコンタクトにもトライしました。で
もやればやるほど、自分の顔が自分のものでなくなって
いった。なにより面倒くささに負けて、あんまりつづかな
かったな。

　当時はその流行がなにを意味しているのか、よくわかっ
てなかったんです。

　わたしは1980年生まれなので、10代を1990年代に、
20代を2000年代に送りました。'90年代はギャル文化と
ともに、個性的な女の子が支持された時代でもあります。
なんとなく個性至上主義のまま20代に突入したのですが、
25歳ごろ、つまり「モテ」というワードが世の中に登場し
たころから、わたしのファッション傾向も、変わっていき
ました。端的に言うと、自主規制するようになったのです。

　気がつけば自分の趣味嗜好より、男ウケや、当たり障り
のない上品さや、どこへ出しても恥ずかしくないと思われ
ることの方が大事になっていました。そして四六時中、結

婚相手になりうる男性と出会いたくてきょろきょろソワソワしていました。わたしも「モテ」という概念に、しっかり踊らされていたわけです。

ふり返って思うのは、モテとは、「不特定多数からかわいい／つき合いたいと思われる」こと。そして不特定多数の一般的な男性から「あの子かわいい」と思われようとすればするほど、「自分」という存在がどんどんないがしろになっていった、ということです。自分が記号化する感じというか。

モテ。たった2文字ですが、こういう流行語はファッションだけにとどまらず、価値観や生き方にまでじわじわ浸透していくもの。異性にモテそうな要素すべてを指すその言葉は、雑誌を飛び出して一人歩きし、イデオロギーのように世の中に拡散されました。

あのころ、モテの概念に縛られるあまり、わたしはどんどん萎縮して、男性の目を意識するようになりました。自分がいいと思うかよりも、他人の目を気にしていました。

そのせいでか、自分にいまひとつ自信がなかった。それに困ったことに、別にモテもしなかった。むしろ男性に「こいつ俺のこと狙ってんな」と嗅ぎつけられて、敬遠されたこともあったっけ。あれは虚しかったな……。

　'90年代の個性至上主義から一転、誰かに「かわいい」と思ってもらえる姿を目指した2000年代。そんなモテの時代を過ごしたわたしの目には、今号（2018年1月号）の「彼目線ミックス」という言葉の提案は、かなり良識的に思えます（定着はしなかったけど……）。要するに、自分の好みと、彼氏からの目線を、ちょうどよくミックスするファッションという意味なわけで。もちろん、「彼氏がこういう格好しろって言うから嫌々やってる」というのは言語道断。だけど、彼氏とファッションのことをオープンに話せる関係なのは、とってもいいと思うのです。

　彼氏に服を褒められるのは素直にうれしい。たとえネガティブなリアクションをされても、そこでケンカしてハイさよならではなく、お互いにもっと似合うファッションを

探しに、2人で買い物に行けばいいわけだから。つき合っている人とそういう関係性を築くのって、なかなか難しいことです。

　彼氏の言いなりになるわけじゃないけど、いいアドバイスをもらったら、素直に取り入れてみる。そういう柔軟さでおしゃれに磨きがかかっていくなら、これは最高。自分が気づかなかった新たな魅力が開花したりしてね。

　そして、彼氏がいないからといって、「一般的な男性」という得体の知れない集合体にモテようとする必要もまったくなかった。そんなときは誰にも気兼ねすることなく、とことん自分と一対一で向き合い、自分を一人占めできるチャンスですから。自分のためだけに存分につかえる時間って、実はそんなにたくさんないんです。じっくりと、自分の好きなファッションってどんなのだろうと考えたり、自分の好きな格好を思いきりすればいい。そうやって自分というものが定まってはじめて、自分にちょうどいい、ふさわしい相手も現れる。そんなもんだよなぁと思うのです。

Chapter. 2

雑誌に載ってる素敵なあの子に、キリキリしちゃうあなたに

　もしいま自分が20代だったら、同世代の人気者をどんな気持ちで見ているか。ちょっと考えてみます。

　同世代ってだけで自分と見比べて、いじけた気持ちになったりしてるかもなぁ。でも気になるからスルーはできなくて、半分アンチくらいの気持ちで追いかけているんじゃないか？　じゃないかもなにも、わたしが20代だったころはそんなふうでした。

　なぜなら、自分自身が輝いてなかったから。自分の現状にまったく納得していないうえ、仕事や結婚といった将来のことを考えると底なしの不安に襲われました。自分の軸みたいなものが定まってないから、流行にもふりまわされる。ワンシーズンごとに洋服やコスメに散財するので貯金もなく、そのくせなにを買っても自分に自信が持てなかった。

そんななか、芸能人やモデル、ミュージシャンなど、若くして自分の道が決まり、その世界で才能を認められ、我が世の春を謳歌せんばかりに輝いている同年代の人たちの活躍は、正直キツかった。年上ならまだ平気だけど、同い年や年下だったりすると、心が乱され、とても素直な気持ちでは見られなかった。とりわけ同い年の芸能人にいたっては、無駄にライバル心を持ってしまう始末。応援なんてとてもじゃないけどできなかったな。

　雑誌をめくると、そういう人たちがめちゃくちゃ楽しそうに写っていて、興味津々だけど、かすかに凹みます。かわいいから凝視してしまうし、キャプションも読み込むし、いろいろ参考にしたりもするんだけど、同時にイラッともしている。雑誌に登場するのは、芸能人だけとは限りません。むしろこの厄介な嫉妬心は、一般人として誌面に登場してる人に当てはまるかも。雑誌に出てるってだけで、選ばれた存在なわけで。

　特定の雑誌にしか登場しない、その雑誌だけの有名人っ

ていますよね。アイドル顔負けにかわいい読者モデルだっ

たり、コーディネートが天才的に上手なスナップの常連

だったり、インテリア特集で自分の部屋を紹介している人

だったり、夢を叶えて活躍している、素敵な女性たち。

　雑誌はそういった女性を積極的に紹介します。なにか見

習うべきものを持った、秀でたセンスの持ち主ですから。

だけどやっぱり心のどこかで、妬みに似た感情がうずく。

これって、読者の夢やあこがれを写しとる、雑誌というメ

ディアが本質的に持っているＢ面なんでしょうね。

　30歳を過ぎて作家になってからは、自分が雑誌に出る

ことも増えました。最初のうちは世間に顔をさらすことが

すごく怖かった。なぜなら、かつての自分のように、妬ま

しい気持ちで雑誌を見ている読者の気持ちがすごくわかる

から。作家デビューしたことで、はじめて〝こちら側〟に

いる人の、ナーバスな気持ちに気づきました。

　雑誌の取材はプロのカメラマンが撮影し、厳選された1

枚が掲載されます。インタビューも、たしかに自分が話し

た言葉だけど、限られた文字数ゆえニュアンスは変わります。つまり雑誌に載っているわたしは、まるっきりいつもの自分というわけではない。メディアの力でいい感じにデコレーションされた、ちょっと違う人なんです。

　それまでなんの気なしにめくっていたけれど、雑誌はプロの力を結集して、時間と労力をかけて作り込まれた夢の世界。わたしがハンカチを噛み締めながらうらやんで見ていたあの子もこの子も、実はみんな会ってみると案外普通の子かもしれない。華やかな仕事の苦労を知り、考え方が変わりました。

　だがしかし！

　いまわたしは30代後半で、アラフォー世代の雑誌を読みますが、あまりにもおしゃれな部屋で素敵な生活を送っている人を見ると、心の中でついつい舌打ちが……。しかし不思議です。もう自分自身が輝いていなかったあのころとは違う。仕事もうまくいってるし、結婚もしたし、貯金もそこそこあるし、自信もほどほどについたのに！

なぜだぁー!?

　つまり雑誌って、そうやって楽しむものってことですね。いまの自分より、よくなりたい、素敵なことを知りたいという向上心がある限り、雑誌を読みつづけますよ、わたしは。たとえちょっとばかりキリキリしたって。

　雑誌に載ってる素敵な誰かを見て、チクリと感じるこの小さな痛みは、つまり刺激ってことなんでしょうね。

Chapter. 3

結論、女っぽいを目指さなくていい！

〈人生得するのは「女っぽい顔」に「シンプルなおしゃれ」!〉と銘打たれた今月号（2018年4月号）。なかなかの身も蓋もなさで、これぞ赤文字系雑誌のコピーという風格です。

シンプルなおしゃれで「人生得する」のはなんとなく想像がつきます。服に無駄なお金をかけないセンスは、間違いなく人生において有益です。しかし「女っぽい顔」で人生得すると言われると、「ええーっ!?」と思ってしまう。なにかたくらんでそうですが、ろくなことにはならなそう。そもそも、世の中いろんな女性がいて、「女っぽい」の定義だって女の数だけあるはずです。

なのに一人一人の持ち味を無視して、「女らしくしなさい」と強引にふりかざされることがあります。親にそう言われたことのある女性も多いのでは？

ここでは顔だけに限らず、ちょっと「女っぽい」につい

て考えてみます。

「女っぽい」ないし「女らしく」が意味するイメージは、たぶんこんな感じです。外見はきれいでかわいくて、愛嬌がありよく笑い、華奢で小柄で、清潔で上品でちょっと色っぽい。性格は優しくて明るくて、穏やかで控えめ、でも芯はしっかり強い。得意なことはお料理で、赤ちゃんや子供が大好き。お年寄りにも親切だし、とにかく家庭的で素直で愛情豊か。尽くすタイプ。

これらの特性は、そりゃあ素敵です。美人で性格もよくて、高嶺の花として男性たちから崇められてそう。だけど完璧に女らしい女性って、生身の人間ではない感じがします。あまりにも都合よくできているキャラクターというか。自我のある人間ではなくて、男の妄想で作られたアンドロイドみたい。女らしい外見も性格も、相手を喜ばせる魅力だし、得意なことは誰かのお世話。

つまり「女らしさ」は煮詰めると、「男らしい」人のための、サポート役の素質なのです。

「わたしはそれでいいの、男らしい人と結婚して、家族のために尽くすいいお母さんになるのが夢なの」、という人ももちろんいますよね。わたしも独身のころは、好きな男性のタイプにあれこれ条件をあげすぎて、わけがわからなくなったあげく、「うーん、男らしい人かな」とまとめたもんです。

　でも結婚してみてつくづく思うのは、夫がそれほど男らしい人じゃなくて、本当によかったということ。だって男らしい人に男らしさを発揮されたら、家事はひとつもやってもらえず、浮気されても許して耐え忍び、暴力をふるわれても「これも愛情だわ」とけなげに信じて受け入れ、最悪の場合、殺されたりもしかねない……。男らしさと女らしさって、極論そういうこと。強者と弱者の組み合わせなんです。

　だから男性に「男らしさ」を求めることも、自ら「女らしく」なっていくことも、同等に危うい。そもそも、すでに女である以上、わざわざ女っぽくならなくてもいいのです。

ネットでちょっと話題になった、「男女の理想がどれだけ違うか一瞬でわかる比較画像」があります。同じタレントが女性誌か男性誌かによって、ヘアメイクや雰囲気が全然違うと検証されたものです。

　たとえば女性誌のカバーを飾る石原さとみは、後れ毛たっぷりのゆる巻き髪に濃いめの丸チーク、オレンジ色の潤んだ唇をすぼめて、とてもかわいい。一方、男性誌のカバーを飾る石原さとみは、ストレートヘアにすっぴんみたいな超ナチュラルメイク、デニムのサロペットを着て、こちらもとてもかわいい。前者は女性が理想とする石原さとみ、後者は男性が理想とする石原さとみ、というわけです。

　ここから導き出されるセオリーはただひとつ。男性は、飾り気のない女性が好きであるということ。メイクは薄く、髪はストレートで、清潔感と透明感のあるシンプルなファッションを好む。そしてメンズライクなカジュアルをされるとかなりグッとくるらしい。つまり、ちょっと男っぽい格好の方が、女っぽさが際立つようなのです。なぜなら女の子は、すでに充分、女っぽいから。

もし、本気で男子にモテたければ、男の本音が詰まった男性誌を読むべきです。でも、自分が好きなものじゃなく、男性の好きなものばかり選んでいると、男の目線でしか自分を評価できなくなってしまいます。それは女の子にとっていちばん危険なこと。男性に褒められたり好かれたりするのはうれしい。けど、まずは誰より自分が自分を「好き！」と思えなくちゃ。男性に好かれるのは、そのあとでもいいと思うんです。

　無理して女らしくなることは、本来の自分自身を押さえつけたり、萎縮させたりすることにもなりうる。そしてやたらと「女らしさ」を称揚し、女性にもとめてくる男性の本音は、「（俺にとって）都合のいい女になれ」という意味だと思って間違いないかと。

　人間は、男らしさも女らしさもひっくるめて持っているものです。自分にとって自然な、男らしさ・女らしさのバランスが、「自分らしさ」ってことなんでしょうね。

Chapter. 4

ぺたんこ靴が結ぶ、
21世紀の新しい女性像

　ぺたんこ靴、大好きです！というよりわたしの場合、ぺ
たんこ靴しか履けない運命なんです。子どものころから外
反母趾(がいはんぼし)で、ヒールはどれもものすごい苦痛。ブーツやスト
ラップサンダルはなんとか耐えられても、パンプスは立っ
ているのがやっとという具合で、普段はもっぱらスニー
カーを愛用してます。

　ハイヒールにあこがれる気持ちはもちろんあります。ハ
イヒールは履くだけでスタイルアップし、セクシーになれ
る魔法の靴。赤い口紅と同じく、大人の女を象徴するアイ
テムです。と同時にハイヒールには、20世紀に飛躍した
女性たちの物語があります。

　コルセットで体を締め付け、くるぶしまである長いス
カートをはいて、ひたすら隠すものだった女性の脚。動き

やすいスタイルを作ったココ・シャネルから、ミニスカートを発明したマリー・クゥントまで、スカート丈がどんどん短くなる過程は、女性が解放されていった歴史と重なります。それにともない、脚をより美しく見せるためハイヒールも進化。ハイヒールを履いて颯爽と街を闊歩する女性像は、20世紀の女性たちが勝ち取った自由そのものといえるのです。

　そんなかっこいいイメージがある一方で、ハイヒールは弱点だらけ。オブジェとしては最高に美しく、女性の体をきれいに見せてくれても、実用性でいうと0点どころかマイナスです。走れないどころか歩けないこともしばしば。痛みに耐えかねて、出先でぺたんこ靴を買い、履きかえて帰ったなんてエピソード、女性ならあるあるネタでは？　彼氏とのデートにヒールで行ったら、めちゃくちゃ歩かされて険悪な空気になったなんて経験のある人も多いのでは？　自転車に乗れない、車の運転もＮＧ。美しく見えることと引き換えに、動きをかなり制限されるハイヒールは、自由な精神を持った女性に肉体的な不自由さを与える、実

に矛盾した存在なのです。

　そしてその矛盾は、現代女性にまつわる様々な問題とオーバーラップします。20世紀の女性が手にした自由は、痛みをともなう制約つきのものだった。そんな皮肉を感じ取れてしまうほどに。

　なかでも悪しき慣習として残っているのが、職場におけるパンプスの強制問題です。就活のときに「3〜4センチがマナー」などと教えられたり、就業規則に明記されていたり、上司から口頭で注意されたり。社会人の女性は、メイクをし、パンプスを履く。そんな「女らしい」服装を強制される性差別が、いまも多くの会社で慣例になっています。

　駅のエスカレーターで、前段に立っている女性の足元に目がいくことがあります。パンプスを履いた女性はかなりの確率で、足がぼろぼろです。かかとに絆創膏をはっている人、内出血や水ぶくれ、痛そうな赤み、長年の靴ずれで皮膚が黒ずんでいる人も。パンプスって、ここまでして履かなくちゃいけないものなの？

かつて女性は、家庭の中で、妻や母としてしか生きられない脆弱な存在でした。だから戦後に女性が社会進出し、外で働いてお金を稼げるようになったのは、とてもエポックメイキングな転換点だったのです。だけど当時の職場はゴリゴリの男性優位社会。そこに現れた女性たちは、手放しで歓迎されていたわけじゃなかったのでした。

　現在に至ってもなお、その状況は変わっていません。女性が「労働力」として求められる一方、管理職に女性は登用されにくい矛盾。社会は依然としてボーイズクラブであり、男性たちは女性に「オブジェ」的な美しさを求めます。だからパンプスによってできた傷は、まるで女性が外で働くという自由を得たのと引き換えに、課された痛みの象徴のよう、そんなふうに感じてしまいます。

　わたしは個人事業主の作家なので、パンプスを強制されることはありません。でも、もしそんなルールのある会社に入ったら、仕事をつづけられるかどうか。7センチのハイヒールで一日中接客したり、4センチのパンプスで外回りしなきゃいけない仕事だった場合、つらすぎて辞めるか

も……。いや本当に、笑いごとでなく！

　ヒールやパンプスの義務付けに異議を唱える#KuToo運動は、そういうことが起こらないよう、職場でぺたんこ靴やスニーカーも選べるようにしましょうよと闘っています。

　こうやって読み解くと、ぺたんこ靴は、21世紀の女性の靴といえるかもしれません。疲れ知らずでどこまでも歩いて行けて、自転車でも車でも、なんだって運転できる。ずっと履いていても痛くならないし、スキップもできるし、走ることもできる。ワンピースにもパンツスタイルにも合わせられるうえ、適度にフェミニンでもある。ぺたんこ靴は、なんの制限も束縛もなしに、女性であることを謳歌でき、人生を思いっきり楽しめる、新しい魔法の靴になりえるかもしれない。

　いやいや、なるべきでしょう！

　そんなわけでわたしはぺたんこ靴に、多大なる期待を寄せています。ぺたんこ靴を履いた快活な女の子たちが、21世紀の、女性の物語を作っていくのです。

Chapter. 5

どうしてあんなに疲れていたのか？

　25歳のころ、わたしのスケジュール帳はスカスカでした。ろくに働いていない時期もあって、映画を観に行く予定くらいしか書くことがない。友だちとも疎遠になり、彼氏もいない、おそろしく暇な日々を送っていました。

　あれから10年以上経ったいま、状況は激変。平日は打ち合わせなどで埋まってしまい、肝心の原稿をなんとか締切りに間に合わせるため、土日返上で執筆して帳尻を合わせることもしょっちゅうです。そのうえ家にいても家事という名の無償労働がついてまわるわけで、とにかく毎日忙<ruby>忙<rt>せわ</rt></ruby>しない。あっという間に季節はめぐり、1年が過ぎていきます。

　こう書くと、いま現在のわたしが死ぬほど疲れているように思われるかもしれませんが、実はそうでもないんです。作家になって最初の1、2年は、勝手がわからずキャパオー

42

バーの仕事を詰め込んで、体が悲鳴をあげることもありました。でも最近はこのくらいの忙しさにはすっかり慣れてしまった。そして思い返すと、むしろ25歳のころの方が、よっぽど疲れていたなぁと思うのです。

　もちろん一般的には、若ければ若いほど体力があるとされています。だけどわたしは20代のころ、あんなに暇だったのに、不思議といつも疲れていました。疲れの原因のひとつは、やはり自意識過剰だったことでしょうか。自分自身がまだ生煮えみたいなものだから、息をするだけでなんだか消耗してしまう。自分と外界との摩擦熱が高いというか。自分が自分でいるだけで、けっこう疲れてました。

　なにしろ心が柔らかいものだから、人と接することにも妙にエネルギーをつかう。だから人と会う約束自体がプレッシャーになったし、人に会えば気をつかって、すぐに疲れてしまった。陽気に愛想よく盛り上がっても、あとで自己嫌悪に陥ったり、落ち込んだり、ふさぎ込むこともよくありました。要領も悪いから、一日にこなせる用事も最

小限です。言うまでもなく不器用で失敗も多かった。人に怒られたくなくて、先にぺこぺこあやまったり。同じ仕事量でも、余裕でこなす先輩とは消耗度が違うんです。どれだけたくさん眠っても、起きるとなんだか体がだるくて、いろんなことが面倒くさくて、全然元気がなかったな。

　もう一つの原因は、将来の不安という超巨大なストレスと、接近戦で闘っていたからだと、いまにして思います。中学生や高校生にとって将来ははるか遠いものだけど、20代はいまがまさにその「将来」であり、人生はとっくにスタートしている。だけどどこにも進んでなくて、焦りばかりが募る。わたしなにがしたいの？　なにができるの？　問いかけても答えなんか出なくて、あり余る時間のなかでもがいていました。

　具体的な行動は起こさないくせに、悶々と悩み、一人で空回りばかり。たとえるならランニングマシーンみたいなもので、一生懸命前へ前へ走っているつもりなのに、結局どこにも進んでいない。あの徒労感にはかなり蝕まれまし

た。本当はちゃんと進んでるんだけど、気が急くばかりで、実感がないんです。

　そのうえ20代のころは、自分に対して過剰にドラマを求めていました。感動的な恋愛をしたいという欲望は常に胸にあったし、いつもなにか奇跡のような瞬間が自分の身に起こるような気がしていました。そしてその期待に、自分で疲れているという……。人生に対して、すごくロマンティストだったんですね。

　30代に入るとだんだん、そんなこともなくなっていきました。劇的な恋愛はむしろ困るし、平穏無事な毎日を愛しています。上を見ればきりがないけど、自分の身の丈を「まあ、こんなもんでしょう」と受け入れられるようになった。20代のころよりいまの方が、疲れないし、すごく生きやすいです。

　でもそうなるまでには、ジタバタもがく時間も必要だった。それが20代のあの、どこにも行き場のない、のっぺりとした日常の、じりじりとした苦しさ、だったのかなぁと。

20代の子が感じている疲れは、ただの肉体的な疲労じゃない。もっと複雑で、繊細なものです。全然納得のいっていない「自分」という存在が、あやふやなまま社会に放たれてしまったんだから、そりゃあ疲れますよ。

　でも大丈夫、そのうち必ず慣れるから！

　心も体も少しずつ慣らしていけば、いつの間にか平気になる。無理して壊れちゃわないように、どうか自分を守ってあげてください。

Chapter . 6

旅に理由なんてなかった

　旅のモチベーションは人それぞれだけど、時代によって傾向みたいなものはあるかもしれません。

　わたしが20代のころは若者の間で、バックパックを背負ってアジアを放浪するのが旅の最上位、みたいな共通認識がなんとなくありました。貧乏旅行ぶりや、インドへ行っていかに危険な目に遭ったかなど、ハードな体験を競い合っていたような。彼らはいったい、なんのために旅をしていたのか？

　自分を探すためです。

　わたしが青春を送ったのは、まさに〝自分探し〟の時代でした。本当の自分を探すには、当時の日本は平穏すぎて、どうも物足りない。もっと手応えのある世界を求めて、たくさんの若者が海外へ旅に出ました。放浪はあの時代、とくに男子にとって、通過儀礼のようなものでした。

月日は流れて現在、若者の座は下の世代にバトンタッチ。彼ら／彼女らもまた旅に出るけれど、自分を試そうという、修行僧のようなモチベーションで行く人はマイナーなのでは？　ＳＮＳ世代は、「いい写真を撮りたい！」というノリでわいわい行ってそうです。

　実際、海外旅行へ行くと、友だち同士でずっと自撮りしている、日本人らしき若い女性にかなりの確率で出くわします。映えそうな服に身を包み、まわりの目など気にせず自撮りに没入している様子に、時代は変わったなぁとしみじみ。でも、わたしからすると、彼女たちはＳＮＳという新たな世界で、わたしたちの時代と、似たようなことをしているみたいにも見えます。

　自分というあやふやなものの輪郭が欲しいという根っこは同じだけど、もう誰も自分なんて探してなくて、むしろ自分を作ってる。ＳＮＳの中の自分をどう作り上げるかに、時間と労力とお金をすごくかけている印象です。

「いいね」が数値化されるＳＮＳ全盛のいまは〝承認欲求〟の時代。社会の流れやツールによって、人間の心のあり方も影響を受けるものですが、ＳＮＳが誕生したせいで、承認欲求にふりまわされる現象が起こっている気がします。昔は承認欲求なんて言葉、心理学の専門家しかつかってなかったですもん。

　ともあれ、インスタが自己証明書みたいになってる人にとっては、旅は最高の素材だから、そりゃ行きますよね。なにも若い女の子だけじゃなく、世界的にも観光のモチベーションは、より多くの「いいね」を獲得すること、という時代です。観光地もインスタ映えに力を入れています。

　そういう流行りを楽しんでる人もいれば、乗れない人もいる。わたしはどうも「乗れない」側に共感してしまいますが、というのも……。

　わたしが自分探しの時代の真っただ中にいた20代のころ、どうしていたかというと、海外に行ったことはなく、地元に帰省する以外の旅行も基本的にゼロでした。お金が

なかったし、猫を飼っていたしで、家を空けられない。精神的にも、旅行する余裕は皆無でした。

　ただ、そういう自分に負い目はあったんです。同世代の子の海外経験が、勲章みたいに輝いて見えた。だからといって、じゃあ自分もバックパッカーになりたいかというと、正直全然なりたくない。だってわたしは、海外を旅して回りたいんじゃなくて、人に自慢できる、人にうらやましがられる、あの勲章みたいなものが欲しいだけだから——。

　目には見えなかったけど、あの勲章って、「いいね」だったんですね。わたしも、人にすごいと思われたいという欲求はあったけど、それをモチベーションに旅に出ようとは思わなかった。20代のわたしはナイーブすぎて、ちっぽけな日本で自分に向き合い、日々を過ごすだけで精一杯でしたからね。

　猫を看取り、30代後半となった最近やっと、旅をしたいと心から思えるようになりました。バックパッカーでもなく、インスタにあげるわけでもなく、ただの平凡な観

光客として。旅のモチベーションはなにかと訊かれたら、行ったことのない国に行ってみたいから、ただそれだけです。行ってみないとわからないことがたくさんあることに、いまさらながら新鮮に感動しています。

　旅先で、わたしはよく思います。旅ってなんだろうなぁー？ 人はどうして旅をするんだろうか？ たくさん旅をしたからって、その人の価値が上がったり下がったりするわけじゃないのに、なんであのころは、そう思えちゃってたんだろうかと。

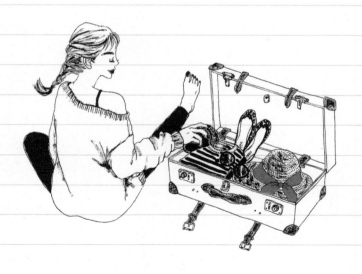

Chapter. 7

インフルエンサーになれなくても

　ルックスや魅力、能力を、自分でネットで発信して人気者になれる時代。多くのフォロワーに影響力を持つインフルエンサーは、若い子たちのあこがれの存在です。かつては、選ばれた少数の人がテレビや雑誌といったメディアに登場するものだったけど、いまは自分の行動あるのみで、誰でもスターになれるんですね。

　たしかにチャンスは増えたし、それってすごくいいことなんだけど、もちろん誰も彼もがなろうと思ってなれるわけではなく、スポットライトを浴びるのはごく少数であることに変わりはありません。だから、輝いているインフルエンサーの陰には、SNSでも輝けなかった……なんていうほのかな挫折感を抱いている人も多いんじゃないかと思うのです。

　わたしはどうしても、そういう人の方にシンパシーを抱

いてしまいます。

インフルエンサーに代表されるＳＮＳでの自己実現は、ビジネス要素以上に、「女の子と自意識」というテーマをはらんでいるなぁと思いました。承認欲求を満たしたいと思いながら、ＳＮＳに感情をふりまわされたり、やきもきしたりしてる子は多そうです。

若いころはみんな多かれ少なかれ、特別視されたい、ちやほやされたい、注目を浴びて有名になりたいという欲求があるもの。自分の個性や魅力や能力を発揮して、認められたいと思うのは、とても健全なことですから。

ＳＮＳをつかって、そういうアピールをするのが好きな子、得意な子は、どんどんやればいい。たくさんの人から見られないと満足できないの！という自己顕示欲の強い人には、うってつけのツールです。

だけど、ＳＮＳがリアルの人間関係の延長線上にあったりする場合は、とても息苦しい。現実で自分を演じて、ＳＮＳでは自分を演出して、みたいな二度手間を強いられて

いることになります。

　どんなＳＮＳも、最初のうちはブルーオーシャン（競争のない未開拓市場）で、のびのびした自由な空気があり、そこでの人間関係も新規でフラットな楽しいものです。でもすぐにレッドオーシャン（競争の激しい既存市場）になって、実生活のせせこましさと同じになってしまう。これはどうやら、ＳＮＳの宿命のようです。

　そういう厄介なツールが存在する世界で、消耗せずにやっていくには、やっぱりスルーする力を身につけるのが大事なんじゃないかと思います。ちょっとでも面倒くさいと思うなら、無理してがんばる必要はまったくない。ＳＮＳ疲れの症状が出たらシャットアウトして、ベッドで静かに本でも読むのがいちばんです。ここぞという場面でＳＮＳからすっぱり離れられる自分であるようにしておく。そうやって身を守るしかないんじゃないかと。

　ただでさえ若い女性は餌食にされやすいし、ましてやＳＮＳ上の人間関係は距離感がおかしくなって、濃くなりが

ちです。

　そこに溺れなくていいよう、リアルの世界で、ちゃんと満たされるようにしておく。ＳＮＳもいいけど、まずはリアルを固めて、余力があったら遊びでやる、くらいの扱いでいいんじゃないかと思います。それが逆転している人も多そうだけど……。

　街で自撮りに夢中になってる女の子を見かけると、ああ、この子の自意識はいまここにはないんだな、と感じます。スマホのカメラにどう写っているかに集中するあまり、ギャラリーの視線が見えてない。自意識に大変革が起こっているなぁと興味深いです。

　自意識とは、自分をこうだと思う意識。下に「過剰」がつくと、他人が自分をどう見ているか気にしすぎる状態、となります。好きなものを写真に撮り、たとえそれを誰にも見せなくても、自分が気に入っていれば充分満足できる人は、自意識過剰ではない。

　でも、ＳＮＳが自分をアピールするツールとして機能す

57

るようになってからは、基本的にみんな自分以外の、不特定多数の誰かに向けてアピールしている、自意識過剰の状態です。「いいね！」という他人からの評価が数値化され、可視化される。　自分の魅力や人気の通知表が、全世界に貼り出されているような状態のため、気にせざるをえない。

　若い女性が承認欲求と、どうつき合っていくか、どう自分の中で飼い慣らすか。これはかなり高度なミッションです。わたしに言える唯一の解決策は、年をとること……くらいでしょうか。年をとることの利点は、自意識が和らいで、適量に落ち着くことですから。

　いずれにせよ大事なのは、他人が自分をどう思っているかじゃなくて、自分が自分をどう思っているか。　自分で自分を「いいね！」と思える、それがなにより最高で、最強です。

Chapter. 8

わたしのファッション失敗遍歴から、なにか学んでもらえれば……！

　おしゃれになりたい気持ちはあるものの、かわいいと思った服を、深い考えもなく買っていた20代のころ。お金もないのに、それはもう物欲にふりまわされていました。

　店頭できらきら輝いている new arrival の服を見て、「これを着ればおしゃれになれるんじゃないか？」「これさえあればあか抜けるんじゃないか？」と、欲目いっぱいに期待して購入。はじめて袖を通すときは胸が躍るけれど、そういう服に限って驚くほど寿命が短く、次のシーズンになると柄も形も微妙にトレンドから外れて着られない、なんてことがしょっちゅうありました。

　服に対する見方が変わったのは30代に入ってから。20代で買った服が似合わなくなったことと、作家になったことで人前に出る機会が増えたこと、この2つの変化にとも

なって、ワードローブの総入れ替えを余儀なくされたのです。

おしゃれにはなりたい、しかしどこからはじめればいいのかさっぱりわからない。悩んだわたしはスタイリスト本を読みあさったり、年上のおしゃれ上手な友人に「コツを伝授して！」とすがったりしました。

みんな言うことは一緒で、「質のいいベーシックなアイテムをひととおり揃えて、流行は小物やアクセサリーで取り入れる」に尽きる、とのことでした。しかし「質のいいベーシックなアイテムをひととおり」って、めちゃくちゃお金がかかるじゃん！

ああ、20代のうちからコツコツ集めておけばよかった。ワンシーズンしか着られないデザインの、まったく着回しのきかない、経年劣化が避けられない化学繊維の服ばかり買っていた20代の自分を呪いましたね……。

だからもちろん、読者のみなさんにわたしが言えることは、「質のいいベーシックなアイテムを〜」って格言になるわけですが、でももっと肝心なことがひとつあって、そうやって作った上質なコーディネートも、やっぱり「自分

らしく」ないと、元も子もないってことなんです。

　わたしの場合、30代らしく上品できれいめな感じにし
ようと、白シャツやトラウザーパンツ、クルーネックカー
ディガンなんかを揃えてみたのですが、そういうコンサバ
な格好をすると、なんだか自分じゃなくなったみたいで、
全然しっくりきませんでした。いくらコーディネートとし
てまとまっていても、自分の中身がコンサバティブ（保守
的）じゃないもんだから、ちぐはぐな感じがして、どうに
も据わりが悪いんです。やっぱりファッションは無言で着
る人のキャラクターを表現しているのだなぁとつくづく思
いました。「変身」はファッションの醍醐味だけど、いつも
の自分のスタイルが見つかってこその冒険なわけで。

　つまり、かわいいか、おしゃれか、垢抜けているかって
ことより、ちゃんと「自分らしく」装えているかってこと
の方が大事だった！ 実に当たり前のことだけど、社会人
になると「社会人らしさ」を優先して、おろそかになって

いる人も多いのでは？　会社以外でなにを着たらいいかわからない人、仕事用の服しかワードローブにない人は、仕事を優先しすぎて、プライベートの自分が後回しになっているかもしれません。

　わたしにとっては「30代らしく」も「女らしく」と同じで、自分自身を束縛する、過剰な呪いになっていたようです。年相応であるかより、自分らしいかどうかの方が、はるかに大事なのに。そこのところを、わたしはおろそかにしてしまっていたのです。年齢よりも、やっぱり優先するべきは自分なんです。

　世の中「自分らしい」ほど漠然とした言葉もないけれど、着ると不思議に自信がわいて、堂々とふるまえて、そこはかとなくハッピーな気持ちになる服が、「自分らしい服」だと思って間違いない。そういう服をちょっとずつ増やしていくうちに、自然と自分らしいクローゼットに育っていくものなんだと思います。

　試行錯誤のおかげか、最近は着るものにあんまり悩まな

くなりました。天気や気温から逆算して、あれとあれを組み合わせてあのピアスをつけて……と簡単にイメージできるし、コーディネートが楽しい。30代のクローゼット改革は、10年かけてそこそこ成功したわけですが、そうこうするうちにもう目の前には40代の壁が！

　40代も、あんまり年齢にとらわれすぎず、また10年かけてゆっくり軌道修正していければいいなぁと、気長に思っています。

Chapter, 9

モノとどうつき合っていく?

　ゼロ年代以降、巷を席巻しつづけているファストファッション。新たなブランドが上陸するたびに大行列ができたもので、わたしも何度か開店初日に詰めかけた記憶があります。でもそうやってにぎわっていたお店も、オープン当時の活気を失い、すでにクローズした店もあったりするので、ファッションの移り変わりは本当に速い。

　当時はお金がなかったので、服を買うことにかけては本当に必死でした。20代向けのさまざまなブランドを見て回り、手頃な値段のかわいい洋服をちょこちょこ買い集めるのを、ほとんど日課にしていたくらい。お金がないのになぜか買い物ばかりしていたな。そして当然のことながら、気がつけばワードローブが引き出しから溢れんばかりに増殖。困り果てて古着の出張買い取りの人に来てもらったこ

とがありました。

　そこそこの買い取り額を期待していたところ、見積もりのあまりの安さに驚愕しました。「そんな値段にしかならないんですか？」と落胆していると、古着屋さんは少しでも高く売るコツを教えてくれました。

「ワンシーズン着た服はぱっと売ることですね」

　その言葉を聞いた瞬間、なんだかものすごく悲しくなった。もったいない精神を叩き込まれた昭和世代なので、「ものを粗末にせよ」と言われているも同然のアドバイスには胸が痛みます。もちろん古着屋さんだって、そんなセリフを吐いて気分がいいわけない。彼らはわたしが消費の上澄みを楽しんだ、その後始末をしているわけでもある。あのときの罪悪感と申し訳ない気持ちは、忘れられないです。

　後先考えずに服を買うことを反省したものの、だからといって新しい服を買わずにはいられません。だって前シーズンに買った服って明らかに、なんか古いんだもん。若い女性向けの洋服のトレンドは日々刻々と変わるので、ピカ

ピカの気持ちで着られる消費期限はせいぜい半年。店頭で
はきらきらして見えた服も、半年後には輝きを失って、驚
くほど古びてしまいます。だから、また新しい服を買わな
くちゃと、ショップに足が向く。

　街をちょっと歩いただけで、駅ビルに一歩入っただけ
で、自分がターゲットにされた商品を山のように目にする。
20代の女性って、日々すさまじい消費の誘惑にさらされ
ていたんだなぁと、いまだからわかります。

　それに20代のころはわたし自身、買い物でしか自己表
現できない状況でした。自分を発揮する場がないと、女性
は買い物での自己実現に走ってしまう。自分というもの
がないから、とりあえず自分の「選んだもの」で手を打つ。
安くてかわいい服にめぐりあえた瞬間の高揚感で、つまら
ない日々をなんとかつないでいる部分もありました。

　だけどあれだけ欲望にふりまわされ、買った服のほとん
どを、わたしは手放している。なんだったんだろうと考え
てしまいます。反省を込めて、最近の買い物信条は、「す

ぐゴミになりそうなものは買わない」です。

　給与水準の低いいまの日本は、すぐゴミになりそうな安い商品が溢れています。服だけでなく、衣食住すべてのものがそんな調子です。ものをたくさん持つことが幸せなこととは限らないと、誰もが気づいている時代でもあるのに。途上国で搾取して作られた安い商品が、過剰供給され、山積みになり、値下げされてまた安くなり、「安い安い」とよろこんで買い、着もしないのにクローゼットに溜め込んだり、すぐダメになったと棄てる。環境問題がこれだけ深刻なのに、わたしたちはなにをやっているんだろう。

　だから最近はファストファッションより、エシカル（倫理的な）ファッションや、サスティナブル（持続可能な）ファッションに惹かれます。それを標榜するブランドではなく、ものとのつき合い方の意味で。寿命の短そうな流行りのシルエットは避ける。長く着られそうなものをじっくり選んで買う。そうやって自分で選んだ洋服を、クローゼットに収まる量だけ所有する。基本だけど、案外難しいですね。

　そういえば洋服も、レンタルやサブスクリプション（定

額制）サービスが登場するなど、「買う」以外の選択肢が増えているとか。これってますます、おしゃれに対する自分のスタンスを持つことが大事になってきてるってことです。

　自分はどんなファッションが好きか、だけでなく、モノとどうつき合うか。実店舗で買うのか、ネットで買うのか。所有する派なのかしない派なのか。選択肢だらけの時代だからこそ、いろいろ試してみて、自分がいいと思ったもの、自分の性格に合ったものを選ぶのが大事。

　そうしてやがて、「わたしはこういうスタンスです」と、ブレない軸が持てるようになればいいなぁ。消費の仕方は、現代人の新たな課題ですね。

Chapter, 10

"自分らしさ" を探すのは楽しい！

　ある時期から、街で20代の子たちを見ると、全員かわいいなと、問答無用で思うようになりました。赤ちゃんがみんなかわいいように、子どもがみんなかわいいように、20代の女の子もみんなかわいい！ でもこれって、もう自分がそこにいないから、のん気に思えるんですよね。

　わたしも20代の渦中（かちゅう）にいたときは、けっこうギスギスした気持ちでした。若さは重荷でしかなかった。若さを目いっぱい謳歌しなきゃいけない、そんなプレッシャーと、そうはできていない現実とに、常に引き裂かれているような感じで。しょっちゅう、すねたような、やさぐれた気持ちになりました。若さを存分に発揮してそうなかわいい子を見ると、うらやましくて、小さく傷ついたりもして。

　最近はそんなこともめっきり減りました。むしろ素敵な

人に会うとストレートに褒めます。褒めると、相手もよろこぶし、自分もとても気持ちがいい。ヘイトは相手だけでなく自分自身も傷つけ、ラブは相手も自分も幸せにする。女の子に似合うのは圧倒的にラブの方です！

　女の子を外見で競争させようとするのはよくない考えです。女の子にとって有害な思想が世の中にはたくさんあるので、注意が必要です。自分は自分でやっていくしかないのだから、ほかの誰かと比べても意味がない。ただ、よりよい自分を目指すだけで充分なんです。

　しかし、よりよい自分とは？

　わたしが20代のころは、細眉のトレンドが続行中。自分の写真を見ると、キッとつりあがった細眉にしっかりめのアイラインとたっぷりマスカラ、唇はヌーディーカラーというメイク。本人は流行りに乗って、いいと思ってやっていたのですが、時を経て冷静に見ると、自分の顔立ちの欠点をことごとく強調していて、なかなか衝撃でした。メイクによって目つきの鋭さが強調され、顔もキツいし、意

地悪そう。わたし、けっこう無理してイマドキの若い女を
やってたんだなぁと、なんとも言えない気持ちに……。

　でも、20代の自分が無器用なりに一生懸命、かわいく
なりたい、素敵になりたいと、部屋で一人、穴が開くほど
鏡をのぞいていたときの、楽しいような、悲しいような寄
る辺ない気持ちは、よく憶えています。

　20代は若さと美のピーク。だけど鏡で見る自分の顔は、
全然気に入らない。ここがピークなのかと思うと「嘘で
しょ!?」みたいな。こうなりたい、こうありたい、という
自分への期待値は高いのに、なに一つ思いどおりにならず、
ジリジリ、イライラ。もしかして、20代のわたしの顔が
あんなにキツかったのは、メイクのせいばかりじゃないか
もしれない。自分への不満がいっぱいで、余裕のない、ヒ
リヒリするような焦燥感が顔に出ていただけかも。

　メイクの流行りは、取り入れ方のさじ加減が難しくて、
何年も同じメイクをつづけると古臭く見えるし、いちいち
追いかけていたらその都度、顔が違うことになってしまう。

服ならまだしも〝顔〟がトレンドに振り回されるのは、なんだか自分がないみたいでいやです。

　客観的に自分の顔を観察して、長所を活かすメイクを覚える。「これぞ自分」と思える顔になれたら、自信も100倍になりそうです。そのためにまずは、持って生まれた顔を肯定して、長所をのばそうとすること。そして大事なのは、人と比べないこと。20代の女の子は無意識に自分と人を比べてしまうけれど、あれはバラが「ひまわりに比べるとあたしなんて地味すぎてツラいわー」と落ち込んでいるようなもの。無茶な比較は無用です。誰かになろうとするんじゃなくて、自分自身にならなくちゃ！

　「流行は変化していくもの。だけどスタイルは永遠」というココ・シャネルの言葉のとおり、自分の顔にもまず「スタイル」を持つっていう考え方は、年齢を問わず大事なこと。でもそのスタイルが古びないように、ときどき客観的に点検するのも忘れずに。

　この顔、肌質、髪質、体型でしかできない、自分らしい

美を追求する。わたしも自分らしいスタイルを常に探し中です。なにしろ年齢によって「自分」は刻々と変わるので。探求に、終わりはないのです。

Chapter. 11

自分をえこひいきするくらいでちょうどいい

　小顔になりたい気持ち、あったなぁ。高校生のときにア
ムラーブームを経験したわたしにとって、美の基準とはす
なわち小顔であること、と言っても過言ではないのでした。

　お風呂で半身浴しながらビニール袋をかぶると汗が出て
顔やせすると聞けば実践し（そして窒息しかけた）、痛く
なるほどあごのラインをしごいてマッサージしたり、あの
手この手でがんばりました。ところが人間、部分やせとい
うのは基本的にできないそうで、ちょっと運動して体が
ほっそりすると、輪郭も自然と引き締まります。

　しかし、人は他人の髪型にだって無関心だったりするわ
けで、顔の大きさまではいちいち気にしていないもの。多少
フェイスラインが引き締まっても、それはあくまで自分にし
か見えていない完全なる自分比、自己満足の範疇なのでし
た。なにしろ骨だから。小さくするにも限度があるわけで。

それにしても気になるのは、風呂でビニール袋をかぶるという間抜けな努力をしてしまうほど、小顔になりたいと思った、当時の自分の必死さです。あの熱意って、なんだったんだろう。ちょうど10代の、自我の確立に四苦八苦していた思春期とぴったり重なるころでした。

　ある本によると、女の子の場合、自我は「確立」するものではなく、削っていくものなんだそうです。

　女の子は目の前のものをしきりに観察し、かわいがる特性がある。だからもっとも身近な「自分」という存在に意識が集中するあまり、自我はひたすら肥大、拡大していく。穴が開くほど自分を見つめ、自分の心を見つめ、人の目を気にする。見つめすぎるし、気にしすぎる。そうして大きくなりすぎた自我が、ほどよい等身大に落ち着いたとき、やっと大人になるんだとか。

　そう言われてみれば、思い当たるふしがたくさんあります。わたしも思春期のころは、抱えきれないほどの自意識でパンパンに膨らんでいたな。自分が自分をどう思うかより、他人にどう思われるか、教室でのポジションなんか

も、すごく気にしていました。20代も前半のうちは、女性であることのプレッシャーも強くて、まだまだ自意識過剰だったけれど、それも年々減少していき、どんどん楽になっていきました。自分に対してほどよく寛容になれたのは、30代に入ってから。

　だから女の子はもっと、自分に対して片目をつぶるべきなのです。自分に対して、えこひいきするくらいがちょうどいい。自分では気に入らないところも、個性や美点だったりするし。
　女性の自立を描いた小説『四季・奈津子』（五木寛之著）に、こんなセリフがあります。
「自分の弱点や、欠点だと思い込んでいる部分を他人の目から隠そうとする、そこからすべてのマイナスが生まれてくるんですな。私があなたにアドバイスしたかったことの一つは、自分を隠すな、というその点です。（自分を隠さなければ）自信というものが手にはいる。確信、といってもよい。確信するとき、人は美しくなる。たしかな手ごた

えを感じさせる。魅力的になる」

　人の顔を客観的に見ると、すでに充分個性があって、そ
れを本人が堂々と肯定しているかどうかで、美しいかそう
でないかに分かれる、たったそれだけのことなんだなぁと
思います。

　わたしはずっと丸顔がコンプレックスだったのですが、
ぼちぼち40代となったいま、小顔に対する思いは180度
変わりました。頬の肉が削げると、ぐっと老けて見えてし
まうのです。だから頬には、むしろふっくらしていてほし
い。丸くていい！　けれど、もう昔のようなハリのある丸
みは出ない……。

　こういうないものねだりは、一生変わらないのかもしれ
ませんね。

Chapter, 12

永遠につづけられる、小さなキレイの習慣を！

　20代のうちに美を追求し、自分史上最高のスタイルに
なったところを見てみたかったという気持ちは、ちょっと
あります。だけど、体を変えるほどのダイエットやトレー
ニングは、根性なしのわたしには無理だった〜。

　そんなわけで、20代でフィジカル的な最高点を叩き出
せなかった悔いを残したまま30代になり、ひたすらパソ
コンに向かう仕事人生に突入。運動をしないと本当に体が
ガタピシいうようになって、せめてこの肩こりをなんとか
したい、運動しなければ！と、ようやく重い腰を上げたの
でした。

　35歳で通いはじめたパーソナルトレーニングジム。最
初はマイナス5キロを目指して、低糖質ダイエットと筋ト
レを組み合わせたハードなことをしていました。たしかに

しゅるしゅると痩せていったのですが、炭水化物をとらないと頭が全然まわらない! これじゃダメだと糖質制限はやめて、週1回1時間だけ、筋トレと有酸素運動をして、とりあえずの運動不足解消をはかりました。

ジムに通いはじめたころは、毎回ものすごい筋肉痛になりました。「筋肉痛になるのが嫌だから、ならない程度にお願いします」と言うと、トレーナーさんがズッコケて、こう言ったのです。

「筋肉痛になるくらいやらないと、やってる意味がないんです!」

トレーニングは、限界のちょっと先までいかないと、鍛えていることにはならないそう。だからジムに行ったあとの数日間は、マストで筋肉痛です。学生時代に部活をがんばらなかったもので、そんなことも知らなかった……。

体を鍛えるとは、たとえるなら、常に坂を上っているようなものだそうです。一度はキュッと引き締まった丸いお尻も、トレーニングをやめたとたん、元に戻ってしまう。つまり、キープしたいなら、永遠に鍛えつづけなきゃいけない。

だからこそ大事なのは、無理して一瞬だけがんばって結果を出すことじゃなく、スタイルのために自分がずっとつづけられることはなにかを、まずは見つけること。「はじめは人が習慣をつくり、それから習慣が人をつくる」という名言がありますが、運動は習慣にしなくちゃ意味がない！

　２ヶ月で結果を出します系のパーソナルトレーニングジムを卒業したわたしは、近所のスポーツジムに入会しました。しかし正直に告白すると、会費を払いながらも、ほとんど行かなかった。予約制だったパーソナルと違い、いつでも行っていいとなると、全然行かない。空いている時間は執筆時間に充てたい（でないと〆切に間に合わない！）のだから、これはもうしょうがない。

　じゃあ予約制のところに鞍替えしようと、今度は暗闇フィットネスに入会。最初のうちは楽しかったのですが、わりとすぐに飽きてしまった。結局いまは、予約制の少人数制ヨガスタジオに、週１ペースで通っています。まあ、結局ヨガだよね……。適度にハードだし、飽きないし、自分に対していいことをしているという手応えもあるので。

週1のヨガで必要な運動量が消化できているかというと、そんなわけはない。でもまあ、運動のことを考えるようになっただけでも、20代のころからだいぶ進歩しているかな。

　思ったのが、ジム通いよりも、ちょっとしたトレーニングを習慣にできたなら、おのずと体も変わるはず、ということです。

　背筋をスッと伸ばして立ち、お尻とお腹周りの筋肉をしっかりつかってシャキシャキ歩き、骨盤を立ててきれいに座る。それがちゃんとできているか、ふとした瞬間に意識するだけで、立ち居ふるまいや仕草は変わり、印象も、自然と変わります。そこに夜、寝る前のストレッチを習慣にできれば、充分なんじゃないかな。

　そうした小さな努力の結果が出るのは、10年後、もしかしたら20年後になってから。10代、20代と違って、30歳を過ぎて美しい人は、いうなれば誰もが雰囲気美人。顔の造作より、颯爽とした身のこなしや、サイズの合った服をすっきり着こなしていることの方が、魅力になるんです。

体作りも一日にして成らずだけど、そういった「きれい
に見せる」テクニックもまた、一日にして成らず。と、パ
ソコンに向かって書いている自分の背筋が思いっきり猫背
になってたりするわけで……ああ、気をつけなきゃ！

Chapter . 13

偏愛って素晴らしい！

　偏愛という言葉、意味わかりますか？ 辞書によると、「特定の人／ものだけを愛する」ということだそう。偏見・偏屈・偏狭……偏るという漢字の入った熟語はどれも意固地な意味合いだけど、「偏愛」だけは言葉として、とても素敵です。

　偏愛とは、「わたし」が一方的に、気に入ったものを愛していること。つまり、偏愛の主語は「わたし」。こういう場合のわたしを「主体」といいます。

　主体とは、「（自分の意志にもとづいて）相手にはたらきかける、その本体」という意味で、「主体性」となると「自分の考えや立場をはっきり持ち、まわりからの影響を受けずに動く性質」になります。

　これって実は難しくて、なおかつ女の子にとって、すごく大事なことなんです。

わたしが20代だったある時期、女性ファッション誌を「モテ」や「愛され○○」という言葉が席巻したことは、以前に書いたとおり。わたしも流行りに躍らされて、外見をモテ系に寄せようと苦心していた時期があります。

　でも、全然似合ってなかった。思い返すとあのころは、20代も後半で、彼氏もできなくて、人生に対して心細く、焦っていました。20歳前後には、若さからくる無敵の強さみたいなものがあって、恋愛に対してもアグレッシブ。自分から人を好きになり、アプローチしてつき合う、そういうことが普通にできていました。

　だけど25歳を過ぎてからは、めっきり弱気に。出会いがないが口癖で、自分から人を好きになることもなくなり、誰かに選ばれたい、見つけられたい、そんな心境でした。

　選ばれる、見つけられる、愛される、モテる。これらはすべて、受け身の言葉です。主語は「誰か」。おおむねそれは男性であります。そしてこの場合、自分は主体の反対語である「客体」になります。

客体って、すごく弱いんです。弱者なんです。似合って
ない髪型とメイクで自分の個性を殺し、おとなしく、縮こ
まっている存在。これはなかなかツラいことです。

　そこへいくと偏愛は、主語の「わたし」が好き勝手に、
理屈抜きで、なにかを熱烈に愛している。とても主体的で、
強くて、フリーダムな感じ。

　自分の好きなもの、夢中になれるものを、全員が見つけ
られるわけじゃない。けど、なにかを好きなこと自体が、
自分の芯になりうる。なにかを好きになることで、人は「主
体」になれるんです。

　これはとても大事なことです。なぜなら主体であること
に慣れておかないと、自分って、すぐになくなっちゃうか
ら。「わたしってなに？」と考えると、哲学の迷宮に入っ
てしまうけれど、「わたしの好きなものってなに？」と考
えると、おのずと自分が見えてきます。

　わたしも10代のころ、夢中になれる趣味が見つかり、
好きなもので身の回りを固めるようになりました。自信が

持てなくてあやふやな自分を補強するように、好きなもので鎧（よろい）を作って、自分を守っていたんだと思います。やがて、鎧を脱いでも「個」として立てるようになりました。

　でも、25歳はまだまだ鎧が必要。日々、社会や他者との小さなバトルの連続で、流されたり、当たり負けして、受け身にならざるをえなかったり。

　だから、偏愛、どんどんしてください！　大好きなものを買い集めて、ほくほくしてください！　どんなくだらないものでも、意味のわからないこだわりでも、それらはみんな、お守りみたいに、あなたの心を強くしてくれるはずですから。

Chapter, 14

誰かにあこがれる、という束縛から自由になる

デニムが似合う女性、素敵ですよね。わたしは外国の映画を観るのが好きなので、若いころは好きな女優さんをファッションのお手本にしていて、とくにジェーン・バーキンのシンプルなデニムスタイルにあこがれました。

ジェーン・バーキンは、ロンドン出身パリ在住の歌手で女優。映画『スローガン』で共演したミュージシャンのセルジュ・ゲンスブールと恋に落ち、アルバムを共作するクリエイティブなカップルになります。女優としての代表作は『ガラスの墓標』や、フランスの元祖イケメン俳優アラン・ドロンと共演した『太陽が知っている』など。画面を横切るだけで観客の目を奪う魅力的な存在として、'60〜'70年代の映画で輝きました。

なにより彼女は、永遠のスタイルアイコンとして知られ

ています。前髪のあるロングヘアに、マスカラたっぷりで強調したアーモンド形の瞳、めくれたような上唇。中性的なすらっとした体型で、とにかく脚が長い！　ミニ丈のワンピースも抜群に似合うけれど、Tシャツにブーツカットジーンズという、フレンチシックなコーディネートも最高です。どんな格好にも丸底のカゴバッグを合わせて、荷物をパンパンに詰め込む。飛行機で偶然となりに座ったエルメスの社長がそれを見て、ジェーンにバッグを作りましょうと申し出たことであの「バーキン」が生まれたエピソードは、もはや神話のよう。

　ジェーン・バーキンの映画をくり返し観て、アルバムを聴き込み、雑誌に写真が載っていればスクラップしたし、ネットで画像収集もしまくりました。ジェーン・バーキンが穿いていたようなデニムを買い、カゴバッグを合わせたり。前髪を作ればちょっとは似るかと、衝動的に前髪をセルフカットしては、「なんじゃこりゃ〜」と自爆したものです。ファッション誌でもしょっちゅうジェーン・バーキン風のコーディネートが提案されていました。けど、なに

を着ても、どうがんばっても、当たり前だけど、わたしは
ジェーン・バーキンに、1ミリも似なかった……。うおおぉ、
なぜだぁ〜!?と頭を抱え、苦悶したもんです。

　誰かにあこがれて、こんなふうになりたいなと夢見て、
真似をしてみたところで、やっぱりその人にはなれない。
悲しいくらい、自分は自分でしかない。これって女優や
ミュージシャンといったスターだけでなく、身近な人に対
しても言えることです。素敵だなぁと思う人に無性に惹か
れ、あんなふうになりたいと思う。羨望する。けど、絶対
になれない。どこまでいっても、自分は自分なのです。
　わたしはそのことに気づくのに、ものすごく長い時間が
かかりました。そしてやっと、誰かの真似をすることもな
くなり、自分に似合うもの、自分が引き立つものを選べる
ようになりました。
　昔は、美容院にあこがれの人の写真を持ち込んでは、
「こんなふうにしてください」の一点張りでした。鏡を見
て「全然違う！」と落胆したものだけど、いまでは誰かの

写真を持ち込むこともしなくなりました。自分に似合う、自分の髪質にちょうど合った髪型がいちばんだと気づいたからです。

　いまはあこがれの人の写真を拝むだけで満足しています。「なりたい！」とは間違っても思わない。彼女は彼女、自分は自分。自分としてやっていくしかないんです。

　誰かにあこがれることは、とてもいいこと。なぜなら、その気持ちは向上心そのものだから。向上心を持つなんていうとごたいそうな感じがしますが、誰かにあこがれること自体が、よりよい自分を目指している証なのです。

　それは、自分がどういう人になりたい人間なのかを、浮かび上がらせてくれます。つまり、誰にあこがれているかで、自分がわかる。自分を知る手がかりになる。

　だからこそ、強くあこがれ、崇め、固執していた誰かから解放されたとき、やっと自分自身になれるのだと思います。

Chapter. 15

時間について考えてみる

　学生時代、授業中は気が遠くなりそうなくらい、時計の
針はゆっくり進んだものです。しかし20代も後半あたり
から、時間感覚のスピードは加速。一年があっという間に
過ぎていく、大人の人生が幕を開けます。

　大人の人生、それは時間との闘いです。一日の大半を仕
事にとられる大人の女性は、時間をどうやりくりしている
のか？

　朝、鏡で自分を見たとき、「よしっ」と自信を持って出
かけられる状態なら、それだけで一日幸せに過ごせそう。
でも、女の人がそれなりに装うのって本当に大変です。男
の人と違ってどうしても朝の身支度に時間がかかってしま
う。ここはぜひとも時短で済ませたいところです。

　日々の身支度にかけて、わたしは極限までコストダウン

をはかっています。メイク道具は最小限、爪は短く切りそ
ろえて磨くだけで、ネイルサロンへは行かない（時間が惜
しいから！）。髪は昔のように巻いたりせず、ブラッシン
グしてオイルでつやを出すくらい。10分ほどでヘアメイ
クが完了するルーティンです。

　これ以上なにかを削るのは不可能というくらいタイトで
すが、それでも毎日「ああ、面倒だ。この時間が惜しい」
と思ってしまいます。さすがに身支度と同時進行でできる
のは、ニュースを聞き流すことくらい。日常生活でいかに
こまめにインプットするかに神経をつかっていますが、お
風呂やトイレ、電車に乗っている時間を、せめてスマホよ
り読書に充てようとするのが関の山。

　そう、スマホ！ スマホの時間泥棒ぶりとどう闘うかは、
現代人の課題であります。なにしろ人生は〝持ち時間〟制。
60歳までを現役として、人生はよく時計にたとえられま
す。25歳ならいま25分、わたしは30代もだいぶ後半な
のでほぼ40分。うおお！ これは焦る！ 残りの持ち時間
をなにに、どのようにつかうかで、人生が形作られてしま

うんですから。

　しかし、ながら○○といった二刀流、三刀流の時間のつかい方をすればするほど、慌ただしく日々が流れていくだけで、時間をコントロールできている気がまったくしないとは、一体どういうことだ？

『スロー・イズ・ビューティフル』（辻 信一著）という本に、こんな一節がありました。ファストフードやカップ麺、スーパーの惣菜やコンビニ弁当など、巷には時間をかけずに食事を済ませるものが溢れているけれど、「これだけ時間を節約したはずなのに、誰もがそれでも忙しい。家族と顔を合わせる時間もない」。

　時間をなにに費やすかは、その人がなにを大切に思っているのかと、ほぼイコールです。そう考えると、自分にかける時間を削ることは、自分を大事にしていないともとれる。たまにはネイルしたり、おめかしするのも楽しい。半日かけて料理したり、休日を丸々読書して過ごすなんて贅沢なこともしたい。毎日10分でも英会話の本を開けば、

やらないよりはマシなはず。そうやって時間をどう積み重ねるか考える方が、自分を大事にできている感じがします。

　時間は作るもの。そして積み重ねるもの。なにかを削るマイナスの考え方より、人生を慈しんでいる気がして、優雅な気持ちになってきます。

　となると、満足のいく時間のつかい方をしたいなら、まずは自分がなにを大事に思っているのか、その優先順位を決めることが先な気がしてきました。時間のつかい方を考えることは、自分の生き方と向き合うこと。

　たとえ答えが出なくても、それを考える時間もまた、大切なのです。

Chapter . 16

記念日どう過ごす?

　クリスマスを誰とどう過ごすか、これは女の子にとって重大な問題です。少女マンガのような展開を夢見る一方、誰かがSNSにあげた浮かれた写真に殺意を抱くほどイライラして、死にたい……なんて思ったりしてる子も多いのでは。恋人同士で過ごすものというイメージが浸透しているクリスマスは、「ロマンティックに過ごさなくては」というプレッシャーを感じがちです。シングルの人にとってはストレスの種でもある。そしてそのストレスには、「期待」も多分に含まれています。

　思えばわたしがクリスマスに特別な期待を寄せるようになったのは、中学1年の年からでした。平成がはじまったばかりのころ、わたしの頭は恋愛へのあこがれでいっぱい。毎日毎秒、好きな男子のことばかり考えていました。

小学生のうちはクリスマスというと、親からもらえるプレゼントやホールケーキで満足していたのに、ティーンエイジャーになった途端、色恋中心の煩悩（ぼんのう）まみれに。クリスマスに好きな男の子と、なにかが起きるんじゃないか？ いや、起きるに違いない！ という尋常でない期待を胸に、当日までワクワクと指折り数えて過ごしたのです。

　もちろん、なにも起こらなかった。恋するわたしの過剰な期待はバレンタインに持ち越され、そこでも特記すべきことはなにも起こらなかった。期待をしてはなにも起きない。そういう空回りループがその後十数年つづくことになるとは、あのときはわからなかったな……。まあ、自分からアクションを起こしていないのだから、当然なのですが。

　仮に自分から行動したとしても、がっかりしていたはず。若い女の子が頭の中でふくらませる妄想に適（かな）うような現実は、この世の中にはきっと用意されていないのです。でも、ないとわかりつつ、期待してしまう。妄想は止められない。あれはけっこう苦しかったな。

　期待って、なんであんなに疲れるんだろう？

恋愛とは関係なくとも、記念日を普通じゃない日にした
いと願う気持ちもありますよね。わたしは29歳の誕生日、
なんの予定もないまま一日が終わるのに耐えられなくて、
夕方一人、電車に乗って水辺のカフェに出かけ、凍えなが
らコーヒーを飲んだ記憶が。とくに素敵なことは起こらな
かったけど、そうやって自分とだけ向き合うしーんとした
時間を過ごすことで、「まあよしとするか」と、自分を納
得させたわけです。どんちゃん騒ぎもいいけど、20代最
後の年を迎えるにあたっては、そういう過ごし方も悪くな
かったかな。

　結婚し、アラフォーという年齢になったいま、脳が勝手
に恋愛がらみの妄想をはじめることもなく、記念日に特別
な出来事を期待することもなく、とても楽です。記念日ど
ころか、人生に過剰なドラマを求めることもなくなり、誕
生日はいたって通常モード、平常心で仕事をしています。
　わたしが25歳のころというと、ようやく「小説家にな
りたい」という夢に向き合い、とにかく試してみようと決

心し上京した時期。32歳でなんとかデビューに漕ぎ着け
て、作家として働けていることが幸せだし、人生において
仕事が占める割合はとても高くなりました。

　仕事って、自分を忙しくしてくれる便利なものでもあり
ます。忙しいと、さびしさを感じる暇がなく、余計なこと
を考えなくてすむ。大人は大概のことを仕事が忙しいを理
由にスルーしがちです。そう考え、ふと気がつきました。

　仕事という逃げ場がなく、期待したり落胆したり、手に
負えない自分自身を真っ向から受け止めていた若いころの
方が、よっぽど真剣に生きていたんじゃないか……？

　もしかして、若いころの、記念日にかけていたあの期
待って、自分がこの人生の主人公であるという、自負心か
ら来ていたのかも。わたしがわたしの人生の主役なんだか
ら、なにか物語が起こるべきでしょ！という気持ちの表れ
だったのかも。だとすると、期待するって素晴らしい。

　というのも、女性は年齢を重ねるにしたがって——とく
に結婚や出産などを経るにしたがって——自分よりも他者

のために生きがちだから。世間は一定の年齢以上の女性に、主人公として生きることより、家族を支えるサポート役にまわることを求めがちです。そして女性もまた、そこに生きがいを見出しがち。もちろん、それは悪いことではない。長い間、一種の美徳とされてきました。でもそれって、女性が自分の人生の主役から降りて、脇役になることを強要してもいる。

わたし自身、自分より他者を優先できるようになったことを、成長として受け止めていたけれど、それはもう自分の人生に、それほど期待していないということでもあるのでは。もしかしたらわたし、「人生、このあたりでもう満足だわ」と思っているのかも？

だとするなら、あまり記念日をおろそかにしても、自分をないがしろにしているみたいでよくない。適当に過ごして漫然と年をとるんじゃなく、かといって誰かになにかしてもらおうと期待するでもなく、自分で自分を満足させるよう、ケアするべきだ！

というわけで、期待してばかりのタームから、「記念日どうでもいい」期を経て、いまは自分で自分をちゃんとケアしてよろこばせる日にしていこうと、シフトチェンジ中です。

Chapter. 17

自分の舟を自分で漕ぐ

　将来の夢を訊かれて、結婚やお嫁さんとこたえる女性は
どのくらいいるだろう？

　わたしが学生だったころ、夢とは「どんな仕事がした
いか」ってことで、それに対して「結婚」とこたえる人は、
ほとんどいなかったような。結婚願望が強い子はいたんだ
ろうけど、彼女たちもなんらかの職業をこたえていたし、
かくいうわたしも、結婚を〝夢〟にはカウントせずに生き
てきました。

　それなのに！

　20代なかばのある時期から突然〝結婚したい病〟にか
かって、そのことばかり考えるようになってしまった……。
よく恋煩いのことを恋の病と表現するけれど、わたしを
襲った結婚したい病も、まさに熱病みたいな破壊力でした。

あれは、大学を卒業して社会に放り出されたばかりのこ
ろ。経済的にも精神的にも自立するのが難しすぎて、孤独
で、いっそ誰かに倚りかかれたらなぁ〜なんて考えが頭を
よぎりました。

　いい年して何者でもない現状がつらい、でも結婚すれば、
少なくとも「主婦」という肩書きは手に入る。結婚すれば
もう、夢ややりたいことと向き合わずにすむ。結婚を恋愛
のゴールとは思わない、だけど女の子の人生において、結
婚は一種のゴールのように設定されています。ああ、結
婚って便利だな。結婚したい！　結婚という安全そうな囲
いの中に逃げ込みたい！

　同級生が結婚した噂が耳に入るようになったのも、ちょ
うどそんなタイミング。わたしも一気に結婚をリアルなも
のと考えるようになったのでした。

　独身は、たとえるなら一人乗りの小舟のようなもの。
オールを手で漕ぐのは疲れるし、心細いし、ちょっとした
波にもさらわれてしまいそう。一方、結婚は、男性が操縦

するクルーザーに乗せてもらっている状態。そりゃ「いいなぁ〜」と思ってしまうわけです。

それに、自分の小舟で出港したばかりで操縦に戸惑っていると、ほどなく「いつまでそんな小舟に乗ってるの?」という世間の声が聞こえはじめる。「早くクルーザーに乗り換えなよ」という外圧と、「クルーザーに乗って安心したい!」という内圧が入り混じり、わたしの結婚したい病は重症化していきました。あのときは完全に我を失ってましたね……。

なにが嫌って、結婚というものを意識しはじめたとたん、性格が歪んで、心が荒んで、内面がどんどん醜くなっていくんです。人の幸せをうらやんだり、男に気に入られようと媚を売ったり、自分で自分のあさましさに辟易してしまう。ひたすら観念的に考えをめぐらせ、出口のない迷路に迷い込んだみたいで、あれはとても苦しかったな。

その後、29歳でつき合った彼氏と、同棲を経て結婚したのは、34歳のときでした。20代のうちに結婚すること

はできなかったけれど、わたしの場合、それがよかった。少なくとも、自分の小舟で海を渡れるようになってから——つまり経済的にも精神的にもちゃんと自立できたうえで、相手の船とドッキングする形で、結婚できたから。これはものすごく、大事なことでした。

　もしあのとき、うまくいかない人生に嫌気がさし、途中で投げ出すかたちで、結婚に逃げ込んでいたら。自分の小舟をポイと捨てて、相手が用意したクルーザーに身を預けていたら。たとえ相手のクルーザーがどんなに居心地悪くても、我慢するしかない人生になっていたかもしれない。自分の心を殺して、クルーザーの持ち主の顔色をうかがうのはつらいことです。浮気、モラハラ、ＤＶ、そんな最悪なことが起きても、自分の小舟を手放してしまっては、逃げられない。人の船に「乗せてもらう」って、そういうことです。若いころのわたしは、結婚のそういった危険性に、まったく気づいていませんでした。

「幸福な結婚とはいつでも離婚できる状態でありながら、

離婚したくない状態である」という、小説家・大庭みな子
の名言があります。女性が結婚のダークサイドから身を守
るには、本当の意味で幸せな結婚をするには、まずは自分
で自分の小舟をしっかり漕げるようになること、それを経
験することが大事。

　わたしと夫、どちらが上でも下でもなく、対等でいられ
るいまの結婚生活は、とても楽しいです。わたしたちは
タッグであり、二人で操縦しているんだぞという実感があ
ります。これは、20代を自力で乗り切った経験のおかげ
かも。

　頼りない小舟で大海原をぷかぷか漂っていた25歳の自
分を、「よく耐えた！」と褒めてあげたい。さびしかった、
苦しかった、でもその分、とてもきらきらした時間でした。

125

Chapter, 18

わたしの心に猫形の穴を開けて
旅立っていった、愛猫の話

　犬派か猫派か訊かれれば、完全に猫派！　理由は簡単で、わたし、猫しか飼ったことないんです。二十歳のときに拾ったサビ猫のチチモと、彼女が2017年に他界するまでの16年間、ずっと一緒に生きてきました。

　当時はまだ大学生。正月やお盆はチチモをキャリーバッグに入れて、バスや電車を乗り継いで実家に連れて帰ります。緊張で肉球に汗をかくチチモを時折りあやしながら、毎回必死でした。卒業後は京都に移り住むことに。ペット可の物件を探し回り、無事に見つかって転居。しかし部屋が気に入らなかったのか、引っ越したばかりのころはチチモが夜通し鳴くので、胃が縮む思いでした。そのマンションでは悪いことが続いて、チチモがベランダから落ちる事故も。慌てて回収しに行った際に、興奮したチチモに引っかかれた傷跡は、いまも手の甲に残っています。

自分はめったに医者にかからないくせに、チチモに
ちょっとでも異変があればすぐさま病院へ駆け込みました。
味にうるさいチチモのために高級路線のフードを買い、重
たいトイレ砂を担いで家までせっせと運ぶ日々。自分のた
めなら絶対にやらないことも、チチモのためなら不思議と
苦にならなかったなぁ。

　20代のわたしは、多くの女の子と同じように、「痩せた
い、かわいくなりたい、おしゃれになりたい」、だいたい
この3つの欲望で生きていました。自己中心的で、自分本
位で、自分のことをどこかでお姫様だと思っていて、ちや
ほやされたくて仕方なかった。けれどチチモのお世話をし、
自分のことよりチチモのことを大事に思って暮らすうちに、
変わっていったのです。

　チチモは一言もわたしにお礼なんて言わないけど、わた
しはチチモをかわいいかわいいと褒めそやし、尽くしまし
た。だって猫にはかなわない。全面降伏です。そうして気
がつけばわたしは、自分のことはさておき、チチモという
お姫様を一生懸命ちやほやする側に回り、しかもそれを、

とても楽しんでいました。

　猫はわがままだとよく言われるけど、チチモのわがまま
のおかげで、わたしは自分のわがままを、すんなり手放す
ことができたのです。そうして、肥大してパンパンだった
自我の角は取れ、自意識過剰はおさまり、果てしなく自己
中だった性格も、ずいぶんましになったような気がしま
す。自分が自分がという子どもじみた我はなくなり、誰か
に譲ったり、誰かを守るよろこびを知ったのです。
　自分を、価値のある存在だと思う自尊心を持つことは大
事。だけど若い女の子のそれは、しばしば大きくなりがち
です。自尊心は、欠如していると自暴自棄になるし、あり
すぎても重く苦しい。バランスが難しい。20代は、自分に
とって適量の自尊心にたどり着く旅のようです。わたしは
その旅を、チチモとともに過ごしたことで、「このくらいが
ちょうどいい」ところへすんなり落ち着けた気がします。

　「一人暮らしの女が猫を飼うと縁遠くなる」という失礼な

俗説がありますが、わたしの場合、むしろチチモにどう接するかが、男性に対する試金石の働きをしました。それによって、男の人の本性は恐ろしいほど暴かれていった!

恋愛関係において、チチモは本当に心眼を発揮してくれました。チチモが毛嫌いしていた人は、やはり非常に相性のよくない相手だったなと、あとから思ったり。

なかなか心を開かないチチモと根気強く距離を詰めた人とは、その後結婚し、一緒にチチモの最期を看取りました。チチモはわたしを大人にし、わたしが一人でやっていけるようになるまでそばにいてくれた。そして「もう大丈夫そうね」と、天国へ旅立っていったのでした。

Chapter, 19

あなたにとってカッコいいとは何ですか？

　ヨーロッパへ旅行すると、街を歩く素敵な女の人によく
目を奪われます。

　多くがパンツスタイルで、足元は歩きやすいスニーカー。
ブランド物ではないバッグを斜め掛けにし、長い髪を無造
作に頭の上でくるっとまとめたお団子ヘアの子が多い。流
行りのシルエットというものはなく、ベーシックなアイテ
ムをうまく体に馴染ませて着ている印象。首元にボリュー
ムのある巻き物をして、背筋がスッと伸び、颯爽としてい
ました。

　みんなわたしより10歳か、もしかしたら20歳くらい年
下。だけどすごく大人っぽいし、思わずカッコいいなぁと
見惚れてしまいました。しかし、彼女たちが「カッコいい」
を目指しているかというと、そういうわけでもなさそうで

す。かわいいとかカッコいいとか、特定の形容詞でコーティングされないスタイルに見えました。

　街にはファストファッションのチェーン店も多く、もちろん彼女たちだってトレンドの影響は受けているはず。だけど、いかにも今シーズン！という感じの服を着ている人は目につかず、素敵な人はおしなべてニュートラルな格好でした。

　観察して思ったのが、わざとらしい感じがしないこと。鏡の前でとっかえひっかえしてできたコーディネートではなく、椅子の背もたれにかかっていた服をさっと着てきました、という雰囲気。

　ひとことで言うなら、「シック」でしょうか。

　シックは定義が幅広く、解釈するにもセンスが必要な言葉。辞書には「上品で落ち着いているさま」など様々な意味があるけど、わたしがヨーロッパの女性たちに感じたのは、「繊細な神経が無理なく行き届き、しかもさり気ない、あか抜けしているさま」という方。とりわけポイントに思

えたのが、さり気ない、という部分です。

　さり気ないとは、意図を表に出さず、なんとも思っていないかのように自然なこと。そう、みんなすごくさり気なかった！　もしかしたら、さり気ないことをよしとする、かなりメタな美意識みたいなものがあるのかもしれません。

　2000年以降、日本の女性にとって「かわいい」は、ちょっとした強迫観念のようなものでした。時代は進んでいま目指すべきは「カッコいい」だそうです（2019年7月号）。愛され○○やモテの呪いからやっと若い女性が解き放たれるときが来た！　雑誌が女性に指針を示すあまり、価値観を押し付けてしまったり、世の中の気分を作ってしまうのはよくないことだと思いつつ、でも「カッコいい」を推してくるいまの流れは、すごくいいなと思います。

　だけど、カッコいいってなんだ？　シックと同じで、なにをもってカッコいいとするのか、その回答に、個人の趣味や考え方が表れる言葉です。

あなたにとってカッコいいとは何ですか?

この質問に対して、好きなミュージシャンが昔、「身の
ほどを知ること」とこたえていました。

己を知り、実力を知り、わきまえること。決して自己卑
下ではなく、かといって変な背伸びもせずに、ただ自分で
あること。たしかにそれはカッコいいな。以来わたしの中
のカッコいいの定義も、これに決まりました。

自分を知ること、自分の好きなものを知ること、そして
自分に似合うものを知ること。でもそんなこと、なーんに
も気にしていないかのように、さり気なくふるまうこと。

あとは完璧を目指さず、自分のことを「ま、こんなもん
でしょう」と大目に見てやれる、心の広さも大事かな。

もちろん、わたしの思うカッコいいと、あなたの思うカッ
コいいが、全然違ってたっていいのです。

おわりに

　思春期のころから、本を読むことと映画を観ることが大好きでした。いずれも教養を深めたり、人間を知るうえで良しとされている有益な趣味、ではあります。

　だけど、いまの自分を形作ったものはなにかと訊かれたら、本でも映画でもなく、雑誌なんじゃないかと思うのです。わたしは雑誌に育てられ、雑誌に啓蒙された女の子の一人なんです。

　愛読しているティーン向けファッション誌の発売日は、自分の誕生日と同じくらい特別で、ごちそうを頬（ほお）ばるように隅々まで読み込みました。専属モデルに恋するようにあこがれたり、コーディネートやページのレイアウトにときめいたり。なにかこれという具体的な教えを憶えているわけではないけれど、それでいて雑誌全体から発せられる、

読者の女の子たちを正しい方へ、あるべき方へ教え導こう
とする、意志のようなものはしっかり嗅ぎ取っていました。

　あれはなんだったんだろう。雑誌という形をとって、子
どもだったわたしが受け取ったあのメッセージは、なん
だったんだろう。

　ＪＪ編集部から連載の依頼をもらい、月に１度、25歳の
女の子という仮想読者の心に響く言葉を探すうちに、それ
がちょっとずつわかってきました。
　読者は、見ず知らずの他人ではあります。だけどその子
たちに向かって雑誌を作ろうとするとき、わたしたちは「お
ねえさん」になるのです。会ったことのないシスターたち
に、自分の経験で得た大事なことを伝えたい、若い女であ
ることの難しさを乗り越えるヒントを伝えたい、そんな心
持ちに。

　25歳のとき、わたしはなにを考えていたっけ？　そして、

なにを言ってもらいたかったんだっけ？ それを思い出し、若くてナイーブな読者の気持ちを慰撫するのが、自分のやるべきことかなぁと思い、書き継いできました。

　読者の子から反響があったときは、役目を果たせたようでとてもうれしかった！ そうか、わたしがかつて体験した25歳のあの感覚を、この子たちがいままさに味わっているのだなぁとひしひし感じました。ピカピカの肌をして、消費の海で半分溺れながら、人生への期待と不安、恋の喜びと失望で頭がいっぱいで、不器用で、自信がなくてちょっぴり孤独な、25歳の女の子。タイムラグがあるだけで、わたしたちは同じ。それに気づくと、不思議な連帯感はますます強くなっていくのでした。

　そしてわたしは、かつて自分が愛読していた雑誌を作っていた、女性たちのことを思うのです。雑誌をとおして大事なことを伝えようとしてくれた、会ったことのないおねえさんたちを──。

女性が女性に差し出す、人生のサブテキストとしての雑誌。わたしを育ててくれた雑誌というメディアに、おねえさんの立場で関わることができて、とても光栄でした。

　またどこかで、お会いしましょう！

初出一覧

※「 」内は特集コピー

The Young Women's Handbook

女の子、どう生きる？

2020年6月10日　初版第1刷発行

著者：山内マリコ

発行人：平山 宏

デザイン：大橋 修　城戸佳央里（thumb M）

イラスト：kinucott

協力：クレールフォンテーヌ（クオバディス・ジャパン）　03-3411-7122

印刷・製本所：大日本印刷株式会社

発行所：株式会社 光文社

〒112-8011 東京都文京区音羽 1-16-6

編集部　03-5395-8135

書籍販売部　03-5395-8112

業務部　03-5395-8125

定価はカバーに印字してあります。

©Yamauchi Mariko　2020 Printed in Japan
ISBN 978-4-334-95156-6